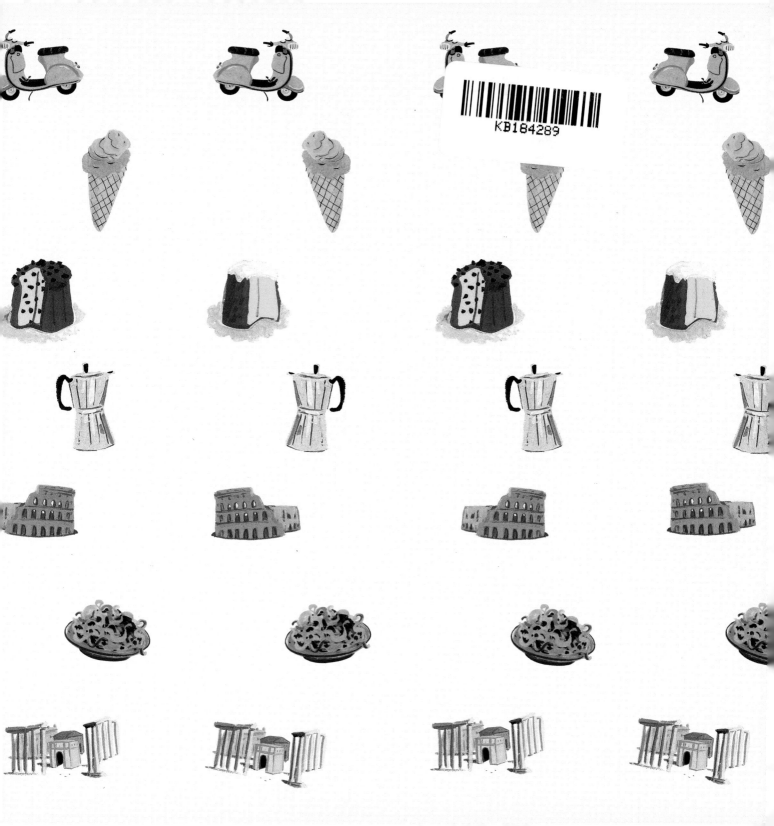

글 스테판 위사르

프랑스 베르사유에서 태어났고 대학에서 영어와 에스파냐 어를 공부했어요.

오스트레일리아로 가서 프랑스 어 교사, 라디오 아나운서, 재즈 밴드 가수, 연극배우로 일했어요.

여행, 음악, 사람을 좋아해 세계 여러 곳을 돌아다녔고,

지금은 파리에 살며 노래로 배우는 어린이 외국어 시리즈를 기획하고 출판했어요.

그림 클레르 르 그랑

프랑스 켕페르에서 태어났어요. 낭트 미술 학교에서 공부한 뒤, 의학 잡지와

일간지에 그림을 그리다가 어린 딸을 위해 어린이 책에 그림을 그리기 시작했어요.

그린 책으로는 〈친구를 만났어요〉, 〈내 친구 미니 이야기〉, 〈귀여운 내 동생〉, 〈할아버지 나무〉가 있어요.

옮긴이 이정주

서울여자대학교와 같은 학교 대학원에서 불어불문학을 공부했어요. 지금은 방송과 출판 분야에서

전문 번역인으로 활동하며 우리나라 어린이와 청소년에게 재미와 감동을 주는 프랑스 책을 직접 찾기도 해요.

옮긴 책으로는 〈천하무적 빅토르〉, 〈넌 빠져!〉, 〈아빠의 인생 사용법〉, 〈강아지 똥 밟은 날〉,

〈혼자 탈 수 있어요〉, 〈심술쟁이 내 동생 싸게 팔아요〉가 있어요.

헬로 프렌즈

파올로와 함께하는 로마 이야기

글 스테판 위사르 ┃ **그림** 클레르 르 그랑 ┃ **옮긴이** 이정주

펴낸이 김희수 **펴낸곳** 도서출판 별똥별 **주소** 경기도 화성시 병점1로 218 씨네샤르망 B동 3층

고객 센터 080-201-7887(수신자부담) 031-221-7887 **홈페이지** www.beulddong.com **출판등록** 2009년 2월 4일 제465-2009-00005호

편집·디자인 꼬까신 **마케팅** 백나리, 김정희 **이미지 제공** 셔터스톡

ISBN 978-89-6383-691-1, 978-89-6383-682-9(세트), 3판 All rights reserved. Copyright ⓒ2011 by beulddongbeul

Paolo de Rome by Stéphane Husar

Copyright ⓒ 2010 by ABC MELODY Editions All rights reserved throughout the world

Korean Translation Copyright ⓒ 2011 by Beulddongbeul, Korea

This Korean edition was published by arrangement with ABC MELODY Editions, France through Milkwood Agency, Korea

파올로와 함께하는
로마 이야기

스테판 위사르 글 | 클레르 르 그랑 그림

본 조르노, 내 이름은 파올로야.
난 로마에 살아.
나랑 같이 우리 가족과 친구들을
만나러 갈래?

별똥별

이탈리아의 수도 로마에는 일곱 살 파올로가 살아요.
파올로가 아름다운 테베레 강의 다리 위에서 손을 흔들고 있네요.
로마에는 교황이 사는 세계에서 가장 작은 나라,
바티칸 시국이 있는데
그곳에는 유명한 산 피에트로 대성당도 있어요.

'영원한 도시'라고 불리는 로마는 아주 오래된 도시예요.
고대 로마의 원형 경기장인 콜로세움과
사람들이 모여 나랏일을 토론하던 광장인 포럼은
지금은 관광지가 되었어요.

이것 말고도 로마 지하에는 아직도
유적이 많이 남아 있어서
지하철을 만드는 데 어려움이 있을 정도래요.

파올로는 드넓은 빌라 도리아 팜필리 공원을 좋아해요.
그래서 일요일마다 가족과 소풍을 가지요. 큰 소나무 그늘 아래서
점심을 먹고 나면 친구들과 신나게 축구 시합을 해요.
"와! 오늘 경기는 꼭 프로 축구팀 경기 같아!"

10

파올로는 트라스테베레 구시가지에 있는 아파트에 살아요.
엄마는 테라스에 향이 좋은 재스민, 덩굴식물, 종려나무를 가꾸죠.
"음, 향이 참 좋구나! 엄마는 우리 테라스가 마음에 쏙 든단다."
"네. 엄마, 우리 집 테라스는 정글 같아요!"
파올로의 쌍둥이 여동생은 말괄량이예요.

파올로 엄마는 성악*을 가르치는 선생님이에요.
집에서 가르치기 때문에 집이 늘 노랫소리로 활기차지요. 파올로 아빠는
동네 골목에서 카페를 운영하는데 손님들과 이야기하는 걸 좋아해요.
"어서 오세요. 여행자들과의 대화는 언제나 환영합니다. 하하!"
"네, 고맙습니다. 이탈리아 사람들은 말할 때 손동작이 정말 크네요!"

*이탈리아는 음악과 성악이 매우 발달했어요. 보통 사람들이 흥얼거리는
　　　노래도 성악가처럼 뛰어나다고 해요.

14

15

파올로는 가끔 강아지 토토랑 동네 산책을 나가요.
로마에는 고양이가 많은데, 토토는 신나게 고양이를 뒤쫓곤 해요.
파올로는 토토랑 뛰다가 지치면 분수전의 물을 마시러 가지요.
"토토, 좀 쉬었다 가자. 너도 목말랐지? 실컷 먹어!"
로마에는 이런 분수전이 2천 개가 넘는대요. 대단하죠?

아침이면 파올로는 아빠의 파란 스쿠터를 타고 학교에 가요.
오후에 집으로 돌아올 때도 아빠의 스쿠터를 타지요.
집에 오는 길에 사 먹는 젤라토* 맛은 최고예요.
"냠냠! 아빠, 난 젤라토가 정말 좋아요."

*젤라토 : 신선한 과일과 고급 원료로 만드는 이탈리아의 아이스크림이에요.

파올로는 학교에 친구들이 참 많아요.
그중 오텔로, 엘리자베타, 실비오와 친하지요.
파올로는 수업 가운데 지리 시간을 제일 좋아해요.
"여러분, 여기 커다란 이탈리아 지도를 볼까요?"
파올로는 지구본을 돌리며 상상 속으로 여행을 떠난답니다.
'토스카나, 시칠리아, 롬바르디아 등을 여행하고 싶어!'

파올로의 단짝 오텔로는 똑똑하고 책을 좋아해요.
오늘은 오텔로 엄마가 파올로와 오텔로를 박물관에 데려갔지요.
"이곳은 세계에서 가장 오래된 카피톨리니 박물관이란다."
"와, 저기 있는 고대 조각상들은 정말 멋져요!"

22

파올로네 가족은 음악을 참 좋아해요.
날씨가 좋을 때면 테라스에서 음악회를 열어요.
엄마는 노래를 부르고, 아빠는 기타를 연주하지요.
"파올로가 요즘 피아노를 배운다더니 제법 잘 치는데."
파올로 가족의 연주에 이웃 사람들 모두 행복해졌어요.

24

25

파올로는 일요일 점심 식사 시간을 좋아해요.
가까이 사는 사촌들이 와서 함께 점심을 먹거든요.
파올로의 엄마, 아빠는 요리 솜씨가 좋아요. 토마토 스파게티,
고기를 레몬에 재운 에스칼로프를 먹으면 기분까지 좋아져요.
"와, 디저트다! 부드러운 티라미수 케이크야!"
식사 뒤, 어른들은 커피를 마시고
할아버지는 테라스에서 낮잠을 즐겨요.

무더운 여름, 파올로네 가족은 사르데냐 섬에 있는
바닷가 근처에 돌로 지은 작은 집을 빌려서 휴가를 떠나요.
"토토, 쌍둥이를 향해 돌격하라!"
여객선을 타고 가면서 파올로와 토토,
쌍둥이 여동생은 신나게 해적 놀이를 하지요.

29

크리스마스가 되면 파올로네 가족은 토리노의
할아버지 댁에 놀러 가요. 북쪽 지방이라 몹시 춥지만,
파올로는 할아버지와 눈썰매를 탈 수 있어서 즐겁답니다.
"얘들아, 크리스마스 케이크 팡도르와
이탈리아 전통 빵 파네토네를 먹으렴."
"냠냠, 할머니! 옛날이야기 듣고 싶어요."
"호호, 알았다. 할아버지랑 전통 노래도 불러 줄게."

파올로가 친구들과 함께
웃으며 인사하고 있어요.
"로마에 꼭 놀러 와.
기다릴게. 차오(안녕)!"

32

로마의 멋진 볼거리

📍 판테온 신전

완벽한 형태로 남아 있는 고대 로마의 유적이에요.
판테온은 그리스어로 '모든 신들에게 바쳐진 신전'이라는
뜻이에요.

📍 콜로세움

로마 시대에 검투 경기가 벌어졌던 원형 경기장이에요.
고대 로마 시민들은 원형 경기장에서 검투 경기를 즐기며 서로
하나됨을 느꼈어요. 유네스코에서 지정한 세계 문화유산이에요.

📍 트레비 분수

폴리 대공의 궁전 앞에 있어요. 분수의 도시로
알려진 로마에서 가장 유명한 분수예요.

📍 산피에트로 대성당

카톨릭의 중심인 바티칸에 있는 대성당이에요.
'성 베드로 대성당'이라고도 해요.
초기 르네상스의 대표적 건축으로 라파엘로,
미켈란젤로 등이 설계에 참가했어요.

35

이탈리아의
멋진 볼거리

피렌체 역사 지구

이탈리아 르네상스의 중심지로 레오나르도 다빈치, 미켈란젤로, 보티첼리 등 르네상스 예술가들의 걸작이 곳곳에 남아 있는 도시예요. 피렌체에 있는 우피치 미술관은 보티첼리의 〈비너스의 탄생〉, 레오나르도 다빈치의 〈수태고지〉 등 르네상스 시대의 걸작들이 전시되어 있어요. 유네스코에서 지정한 세계 문화유산이에요.

산타 마리아 델레 그라치에 성당

밀라노에 있는 산타 마리아 델레 그라치에 성당은 레오나르도 다빈치의 걸작인 〈최후의 만찬〉이 남아 있어요. 유네스코에서 지정한 세계 문화유산이에요.

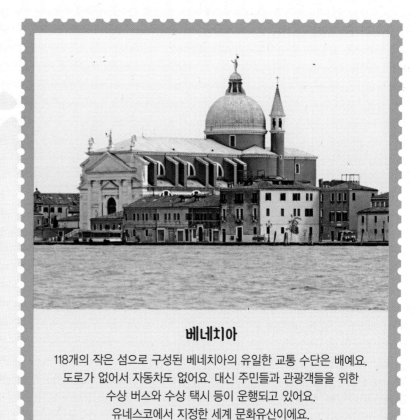

베네치아

118개의 작은 섬으로 구성된 베네치아의 유일한 교통 수단은 배예요.
도로가 없어서 자동차도 없어요. 대신 주민들과 관광객들을 위한
수상 버스와 수상 택시 등이 운행되고 있어요.
유네스코에서 지정한 세계 문화유산이에요.

피사의 종탑

토스카나주의 피사 대성당에 있어요.
피사의 사탑으로도 불리는 종탑은
기울어진 탑으로 유명해요.
유네스코에서 지정한 세계 문화유산이에요.

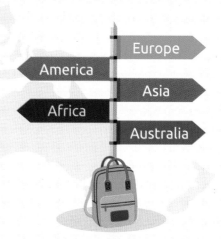

America
Europe
Asia
Africa
Australia

이탈리아의 국기

초록은 자유, 하양은 평등,
빨강은 평등한 사랑을 의미해요.
또한 초록이 아름다운 국토,
하양이 알프스의 눈과 정의·평화의 정신,
빨강이 나라를 사랑하는 뜨거운 피를
나타낸다고도 해요.

정식 명칭 이탈리아 공화국
위치 유럽 남부의 지중해에 돌출한 반도와
　　　그 부근의 섬으로 이루어진 나라
면적 약 30만 1천㎢ (한반도의 약 1.5배)
수도 로마
인구 약 5869만 명 (2024년 기준)
언어 이탈리아어
나라꽃 데이지

베네치아

밀라노

토리노

볼로냐

산마리노

피렌체

바티칸 시국
세계 가톨릭의 중심인 교황청이
있는 곳으로 로마에 있어요.
하지만 화폐와 우표를 따로 쓰는
독립된 국가예요.
로마 속의 작은 나라라고
생각하면 돼요.